伍大华诗歌选集

百鸟和鸣

伍大华 著

春风文艺出版社
·沈阳·

图书在版编目（CIP）数据

百鸟和鸣／伍大华著. — 沈阳：春风文艺出版社，2024.6
 ISBN 978-7-5313-6695-9

Ⅰ.①百… Ⅱ.①伍… Ⅲ.①诗集—中国—当代 Ⅳ.①I227

中国国家版本馆 CIP 数据核字（2024）第 077377 号

春风文艺出版社出版发行
沈阳市和平区十一纬路 25 号　邮编：110003
四川科德彩色数码科技有限公司印刷

责任编辑：韩　喆　平青立	责任校对：陈　杰
幅面尺寸：145mm×210mm	
字　　数：135 千字	印　张：5.625
版　　次：2024 年 9 月第 1 版	印　次：2024 年 9 月第 1 次
书　　号：ISBN 978-7-5313-6695-9	定　价：48.00 元

版权专有　侵权必究　举报电话：024-23284391
如有质量问题，请拨打电话：024-23284384

"百鸟和鸣"颂乡村

——《百鸟和鸣》序

刘忠华

或许是因为了解到我曾经以"乡村"之名,为永州的30余个村庄写过诗歌,又或许是因为我俩的名字中相同和相似的语素——我叫刘忠华,他叫伍大华——总之是有些因缘,所以大华兄把他为祁阳108个村庄写的诗集《百鸟和鸣》交给我,嘱我写一些文字。委实说,我是对不起他的——这部诗稿放我电脑桌面的时间太长了!在这里,我要向他说一声:对不起!同时向他说一声:祝贺您!

一

古今中外,许多诗人都为乡村写下了大量诗歌。中华民族是一个传统的农耕民族,千百年来,人们勤勤恳恳,日出而作,日落而息。在农耕文明时代,村庄是人类的主要栖息地和居住集散地,是其中最有代表性的物质载体和文化符号。据有关学者考证,《诗经》里的《国风·邶风·泉水》诗句"出宿于干,饮饯于言",为河北邢台地区古村落"干言村"的最早来历,也是《诗经》中记载的古老村落之一。陶渊明、李白、杜甫、王维、孟浩然、柳宗元、刘禹锡、白居易、杜牧、苏轼、陆游、范成大等大诗人都曾写过村庄或与村庄有关的诗歌。当代中国，更有一大批书写村庄的诗人，比如著名诗人海子，自小在农村长大，对村庄怀有极其深厚而敏锐的诗意情感，写下了大量乡村诗篇。在国外，俄罗斯引以为傲的诗人、苏联诗歌的奠基人之一叶赛宁，在他短暂坎坷的一生中，创作出300多首诗歌，其中以乡村、农民为主题的诗歌占大部分，具有极高的艺术价值和审美意蕴，构成其引人瞩目的乡村书写。同样，20世纪美国最负盛名的诗人之一罗伯特·弗罗斯特，他的大量诗歌都是以新英格兰地区的乡村田园和风俗人情为背景。而他也因对乡村的偏爱创作了大量的乡村诗歌而获得了"新英格兰乡村诗人"的美称。2020年荣获诺贝尔文学奖的美国女诗人露易丝·格吕克，在她的诗歌中，也有很多关于乡村体验的表达。可见，乡村，是诗人们钟爱的题材和书写起点（或背景）。在永州，也有不少诗人书写过村庄：蒋三立、黄爱平、吴茂盛等，都有为数不少的乡村诗篇；田人诗集《大湾村》更是以其出生地"大湾村"命名；王一武新近出版的诗集《永州诗歌地图》也有一部分以村庄命名的诗作。

但是，全部以村庄名作为诗歌的标题，并写下了祁阳市20多个乡镇（街道办事处）的108个村庄，在我有限的阅读范围内，大华兄当为诗坛第一人。在他的诗篇中，既有对乡村地名的诗意解构，也有对过往的诗性追忆，更有对乡村气象的全景展示，因此无论从诗歌技艺，还是从诗歌内蕴上来看，都是亮点纷呈。

（一）对乡村地名的诗意解构

对乡村地名的诗意解构应该说是乡村诗歌写作的常用技

艺。比如数年前我写《全药冲村》，即围绕村子处于南岭山脉阳明山腹地，百草皆药，展开构思；《画眉村》的一二节，我曾写道："'如意如意。如意如意……'/很远听见画眉声，恍若新春里/亲人的祝福//再远一点，山如黛，水如镜，阳光如橡/要给大地画一笔，如眉，如月，如鸟啼。"如此等等，都是用的这一方法。

认真阅读大华兄的乡村诗，发现他是深谙这一技艺的。他善于围绕村庄环境的自然赋形、村庄来历的神话传说和乡民愿望的美好期许等几个方面来解构。

村庄环境的自然赋形。"琵琶洲村"大约是因了洲形似琵琶，抑或是"经湘江日夜弹奏，浅唱低吟/宛若天籁，更加优美/更加动听"的"都有抑扬顿挫的琵琶声"而得名（《琵琶洲村》）；而"烟塘村"则是因为"昔日一遇干旱/就像烟筒急得冒烟的塘"，故名"烟塘村"（《烟塘村》）；"火田村"毫无疑问是"脱水，黑圻，白圻/嫩绿，灰黄，枯萎/昔日夏秋，一盆铺天盖地的火"，因此叫"火田村"（《火田村》）；"喉水陂村"是因"从山口狭窄喉咙的/缝隙中，流出一条涓涓小溪/一根竹笋拱破泥土/赫然站起"而得名（《喉水陂村》）。不得不说，这些对村庄的自然构形或者村庄所在地的自然环境的形似或者神似的描述，大华兄运用得非常自如而且恰到好处。在这些美丽的书写中，他非常诗意地呈现出村庄的自然风貌，同时也传递出古代村民为自己村庄命名时的"因形赋名""道法自然"的思想，突出表现了古人在选取村庄所在的环境时的"天人合一"、取法自然的审美观，诗意盎然，妙趣横生。类似的村庄名还有"鸟窝塘村""半边街村""八角岭村""吊楼湾村"等。

村庄来历的美丽传说。如果自然的赋形给予村庄自然美,那么,因为某个神话故事或历史故事的美丽传说则是赋予村庄神秘的美。"老鸭山村"因了"一只下凡老鸭"而得名,而"金凤村"则是因了"凤凰"的传说而得名;"小姑塘村"则是起源于一个凄婉的故事:"选择柔情绵绵的/水,作为挣脱/封建买卖婚姻的最后归程/风/几度悲鸣/雨/几度心碎"(《小姑塘村》),读来令人感慨;"八庙村"是因为把"鬼斧神工的美景"想象成"八名妙龄少女婀娜美丽"(《八庙村》);"九牛村"更是"一位神仙赶九头仙牛飘然而来"(《九牛村》);"灵岩村"是因为"有个溶洞/洞里的神仙/时常出来为众生驱难避灾/活灵活现"(《灵岩村》);"石牛村"来源于从前"一头犀牛/每天深更半夜/它便如幽灵般跑出来/啃食丰收//犀牛被神仙制服/化作守护城墙岭的石牛"这一"外婆说"(《石牛村》)。显然,这一类村庄的命名与古代神话传说一样,既源于生活,更是先人们赋予村庄神秘色彩的一种方式,一种诗性的想象。此外,还有一些村庄名称来源于历史故事,如"云盘町村",是"南宋绍兴二年/岳飞伐曹成旗开得胜/从永州到衡州/自桂北班师回朝的浩荡部队/贯穿湘南大地//从此,一座寺庙/站起、倒下/又毅然决然地站起/拥岳飞的墨宝/在云盘町打坐修行/木鱼声声"(《云盘町村》);"朝主山村"是因为"陈友谅投胎即将重生/被刘伯温看出端倪/他将其托出母腹/就地朝北,深深叩拜洪武帝""朝主"而得名(《朝主山村》)。不经意间,显示出这些村庄的古老和厚重。比神话更神奇的是,诗人大华兄能够深入了解到这些传说,并将它们诗意地书写出来。这是一种诗性智慧,它源于诗人的敏感和对细节的发现。

乡民愿望的美好期许。在对村庄地名的解读中，还可以见到乡民们对于村庄命名时的美好期许。如"酒塘村"："那一口宛如/酒海的塘，用其水酿酒/又醇又香"（《酒塘村》）；"香湖湾村"："筒车一转/天生香/地生香/我的诗也随之馥郁芬芳/像处处盛开的/花儿一样"（《香湖湾村》）；"书家铺村"："一个明朝的舒姓人家/在此开铺子经营日子/至清代，蒋姓渐多/读书人亦如春笋/睁着一双双渴望的眼睛/书家一喜，提笔挥就/大气庄重的街區——书家铺/悬挂于天地之间"（《书家铺村》）；"九曲河村"更是"倾一腔满满憧憬/在一条小溪的九个转弯处/建九座石桥/改善风水/九曲河村的心/自乾隆年间/就一直随蜿蜒清流/激荡风云"（《九曲河村》）。从个体到集体，从物质到精神，诗人通过对村庄名的解读，准确地挖掘出了村庄地名所寄托的美好情感和美好愿望。这样的情感和愿望，既是村庄的，也是诗人的，其间传递出一名写作者对故土的爱与痴情。

（二）对过往的诗性追忆

大华兄在《后记》中介绍自己："生于农村，从小就对农村、农业、农民有深厚感情，高中毕业后，曾下过放，当过兵，退伍后又一直在水利部门工作，经常下乡检查水利、督促防汛和组织秋冬水利建设，走遍了祁阳的山山水水，有了丰富的生活积累。"然后花了近四年时间创作，才有了这108首村庄诗。他爱这片热土，他说自己"作为一个文学爱好者，要紧跟时代步伐，主动走进广大农村的田间地头，萃取题材，提炼主题，抒写人民奋斗之志、创造之力、发展之果，全方位全景式展现新时代农村的精神气象，为助推乡村振兴尽绵薄之力"。这是一种文学自觉，更是一种使命与担当。正因为如此,他的诗歌,有一部分是对过往岁月里火热生活和生产的诗性追忆。在《六合岭村》中,他写道:"宛如人生必经之路/读高中的时候/六合岭就留下过我的学农脚步/弯弯扭扭";在《天堂村》:"又是一年油茶花开/吸引蜜蜂来/我和昔日同窗、曾经的战友——/两根蕨茅草做成的吸管/吸足了回忆";《白竹村》一诗更是追忆了自己青春年少时在这里劳作的情景:"雨后,山间青苔小径/蚯蚓般拱动一下身体/一担禾苗期待的丰盛佳肴/淋透十六岁//双抢时的烈日/不怜悯肤白,不可怜肉嫩/成群结队的黑汗如蚁般/从头爬到脚跟",甚至"还有出早工的残月/摸黑归的数颗星星/还有父老乡亲像红薯旱烟/质朴淳厚的真诚",而这"一幕幕勾魂的黑白电影/在眼前放映"。大华兄是诚实的劳作者,更是勤奋的写作者。他的诗,属于乡村,属于他走过的山山水水,属于那一片他生于兹长于兹的大地。因此当他踏上自己曾经生活和工作过的村庄时,常常情不自禁地"按下回忆的暂停键/中止了我的回忆/我不禁放开狮子般的喉咙/喊出久违的激情"(《白竹村》)。如果说记忆是一条河,那么,大华兄经常在回忆中,将这条"河"抒写得温暖而柔软:"从白竹到凤凰滩/花山村那座满面斑驳的凉亭/是绕不过的乡情/每次挑粪担煤/我们三五个知青/都把一身疲惫连同满头臭汗/一股脑儿递进亭中/让那个无偿提供凉茶的残疾老人/眉开眼笑"(《花山村》),知青年代的累与汗,"凉亭"里的凉风与凉茶,就这样令诗人难以挥去。在"双华村","做知青时被派到双华大队/搞晚稻生产田间管理/村支书说,今天晌饭轮到五保老人/还婆婆妈妈地再三叮咛/不管她做的是什么/你都要狼吞虎咽,风卷残云/可当面对两个荷包蛋/和满脸沧桑溢出的盛情时/我只有将两行热泪拌入汤中/吞进肚里"

(《双华村》),大华兄不仅诚实,更是朴实无华。诗如其人,他的诗,在这种朴实的叙述中,表达出一种纯朴的深情。

(三) 乡村气象的全景展示

大华兄说"《百鸟和鸣》是祁阳精准扶贫和乡村振兴中的一个缩影",这些诗歌"全方位全景式展现新时代农村的精神气象"。诚哉斯言!这种全景展示,既有村庄景情的"回忆——眼前"的前后对比书写模式,更有"眼前景——胸中情"的直白书写模式,也有隐喻式的委婉表达模式。

"回忆——眼前"前后对比书写的:在"双华村",诗人深情地回忆了在这里做知青时的劳动和生活情景后,接着写道:"今日冬至阳光明媚/邀文朋诗友采风故地/不经意间相逢故人/——曾同床月余的房主兄弟/他二话没说/便一路讲解日新月异/导游美好前景/还用一桌丰盛的乡情/为我们洗尘//临别时,我趁三分醉意/拍着故人的肩膀说:/下次,我还要像当年蹲点那样/再轮一回……"过去苦,今日甜,面对"丰盛的纯情",诗人还希望自己像当年吃百家饭一样"再轮一回"。这是新农村、新生活、新变化,引发诗人的发自内心的赞美与歌颂。类似的诗篇还有很多,如《八尺村》最后一节"当年的桑树/如一个个热情洋溢的老熟人/纷纷述说而今的翻天覆地/我深情地抱过一棵又一棵/染满身热泪",借桑树而写人,情感真挚饱满而美好,大爱而至真。《板桥村》《老山湾村》等亦是如此。

隐喻式的委婉表达的:《天堂村》写了眼前景之后,第三节写道:"伫立山之峰顶/看一望无际的火龙果方阵哟/手举千万支熊熊火炬/照亮心扉",什么是"天堂"?"千万支熊熊火炬/照亮心扉",照亮人间,照亮天空,人间即天堂,天堂即人间。这种隐喻式抒情,温暖而明亮,"照亮心扉",令人回味无穷。《黄公岭村》写了黄公岭村因三国黄盖葬在黄公岭的传说,引发诗人不禁"行祭拜之礼",然后是"田野铺开宣纸/一台台耕地机/一支支排笔,在尽情书写/豪迈诗情",最后一节有如神来之笔:"一只迷魂丢魄的彩蝶/身子突然一斜/从一片花瓣上跌落下来/差点惊出/我一身冷汗",为什么?因为他这只彩蝶为如今黄公岭村的全新变化所惊艳,而"差点惊出/我一身冷汗"。"惊出冷汗"这种反语式的抒情,委婉地表达了诗人面对这一巨大变化的惊喜:他从中看到了至高无上的美丽,充满了芬芳而动人的诗意,故而如此。

"眼前景——胸中情"直白书写的诗篇,我在这里只列举一些诗题:《群力村》《唐家岭村》《长流村》《茶园村》《蔗塘村》等。限于篇幅,恕不一一引用展开。

二

那么,大华兄何以将乡村系列诗歌写得如此亮点纷呈呢?在我看来,最重要的有两点:重视乡村经验的抒写;源自内心的真诚和真情。

(一) 对乡村经验的抒写

大华兄的诗是充满了乡村精气神的生活扎实、意象鲜活、情感饱满的作品。不管是写回忆、现实,还是对未来的憧憬,他都以一个在场者的身份出现;不管是过去,还是现在,都如荷尔德林所说的:"充满劳绩,但人诗意地居住在此大地上。"是呀,大华兄积累了足够多的乡村经验——既有现实生活中体察到的外在的人、事、物、景,也有内心体验到的事、景、物、情。这些源自乡村的个人的生命记忆和生活经验，已然成为大华兄诗歌创作的重要素材。他非常熟悉这些乡村事物和乡村记忆，又善于将这些乡村记忆作为生命的灵化处理，化成一片适意的精神家园。这就构成了他乡村诗歌的特殊韵味与独特魅力。奥地利著名诗人里尔克曾提出过一个重要命题：诗即经验。在里尔克看来，这种经验是人类生存的经验和维系着无数记忆的存在。"经验"即"经历"，即亲身见过、做过或遭遇过的，也就是"体验"。体验总是在一定的事实和情境中的体验——对于诗人来说，这种体验其实就是自己过去生活的某种体察与认知，并融化在诗人的血液之中、成为诗人不再觉察到的某种生命机能的深刻记忆。诗歌，正是诗人对其所熟知世界的心灵镜像的外化。作为一名乡村诗歌写作者，大华兄是深知这一艺术奥义的。因此不管是在哪个乡村，他都将眼前景、心中事、胸中情很好地融合起来，营造出一个个朴素而浓情的精神家园，抒写出一个个诗性世界。《半边街村》是我欣赏的诗篇之一："给人深刻印象的/是您头枕湘江听江水日夜/浅吟低唱，虽然/江神也偶有情绪激荡/搅乱梦想//给人深刻印象的/是您深知不可有太多奢望/蜗牛背一只蜗壳/永远不能像雄鹰一样/展翅飞翔"，其实这种给人留下的"印象"，正是诗人多次来到这里积存于内心的"经验"外化于"言"，自然成诗，看似没有技巧，却不经意间显示出诗人的别出心裁："半边街/一轮皎洁的蛾眉月/一路美过来"，这种"蛾眉月"一样的轻灵，正是与前一节中"蜗牛背一只蜗壳"的沉重形成鲜明对比，自然天成，令人难忘。在《鸟窝塘村》一诗中，更是将一声声、一阵阵悠扬清脆的鸟鸣，写得生动传神：

"咕咕，咕咕"
斑鸠的祝福，大气圆润
"喳——喳、喳"
喜鹊报喜，愉悦心情
"如意，如意"
画眉的婉转，善解人意
……还有麻雀的
"叽叽喳喳"
仿佛在开学术研讨会
争论不已
"布咕，布咕"
布谷鸟掠过天空，一再提醒
快快春耕

如果没有对乡村生活的深厚积淀，没有对鸟语的熟知和形象化的叙写，是无论如何也写不出这样神似的诗篇的。诗歌最后点化得也很巧妙自然："田野上／一只只春燕畅饮朝霞／奋然斜飞"，与《半边街村》的结尾一样，轻盈灵动，鲜活有趣，引人遐思。

(二) 对乡村真切的抒怀

作为一个把诗歌写在大地上、为乡村讴歌的诗人，大华兄不做作、不矫情，所言之事、所抒之情，均来自他对乡村生活和全新变化的真切观察和感受。他写"石鼓源村"：

衡阳雁城的那面石鼓
是古人期盼远离战争的警钟

石鼓源的石鼓
却是大自然的赠予
两条清澈小溪汇集畅想
交响叮咚

我坐在石鼓源的石鼓上
时而伸手挽一片悠悠白云
轻敲千年沧桑
时而将双脚伸进清凉
拍打出朵朵童真
同伴说：你这行动举止
与年龄不配

我说：你看这原始森林
林鸟唱和相依
一座座古建筑风韵犹存
楼台亭阁舒展青春
再加上一个戏水的老顽童
才真的是和谐安宁的
人间美景

——《石鼓源村》

"石鼓源村"是怎么来的？"却是大自然的赠予/两条清澈小溪汇集畅想/交响叮咚"，这样诗意的命名与诠释，应该说直接源于一种景与情的交融。后面写自己"坐在石鼓源的石鼓上/时而伸手挽一片悠悠白云/轻敲千年沧桑/时而将双脚伸进清凉/拍打出朵朵童真",沉醉于这片美景之中,诗人顿时感到自己也像一个老顽童,因此引得同伴说出了这样的话:"你这行动举止/与年龄不配",最后直接赞美:"你看这原始森林/林鸟唱和相依/一座座古建筑风韵犹存/楼台亭阁舒展青春/再加上一个戏水的老顽童/才真的是和谐安宁的/人间美景。"看似大白话,却将石鼓源村的古朴厚重,与溪水的叮咚、林鸟的唱和,与自己的满怀童真意趣的戏水,对比糅合,营造出一个令人向往的美丽乡村。这首诗主题鲜明,构思精巧,语言朴实,情感浓烈,读起来让人感到非常自然、真实,其间可见作者对乡村的深情厚谊溢于言表,感人肺腑。正是源于对乡村的浓浓情意,作者才会用满腔的热情真挚地写下一首首动人的诗篇。同时,作者也用自己的创作实践再一次确证了朱熹的名句:"问渠那得清如许,为有源头活水来。"(朱熹《观书有感》)因为对大地扎得深,才能感受其中的真,然后才能写得如此地亲。类似的作品还有很多:站在八角岭村,诗人"我决意不顾两颊微红",要"亲亲那渺渺白云"(《八角岭村》);他赞美"太白峰村"像"一幅新时代水墨画/显露出来"(《太白峰村》);再来"光景村",他看到"'红旗渠精神'/托出一只金色的凤凰/在青青梧桐树上/细梳美丽"(《光景村》)……这种直抒胸臆式的真切的自然流露,正是源于对乡村真挚的爱。比如说来到"蔗塘村","看到这个村名/就想到遍地蓬勃的甘蔗林/想到它们走向粉身碎骨/仍然意志坚定/我的心,一下子充盈着/甜蜜的疼"(《蔗塘村》);"护民村":"人民电站被护民村抱在怀里/我被电站抱在怀里//……//电站爱护民/爱护民的山/爱护民的水/爱护民纯朴浓郁的乡情"(《护民村》);"义学村"则是因为"义学村把义务办学/当作锅碗瓢盆/随时攥在手里/图书室里,一群孩子/一干父老乡亲/于夕照黄昏,正默默埋头/吸取养分"(《义学村》);"铁脚湾村":"铁脚湾男人的/脚,比钢铁还要硬上三分/一担盐挑在肩上/路再远/再艰辛/也照样步履轻盈"(《铁脚湾村》);"青云村"得名于"青云庵",因写道"青云庵如今已'平步青云'",而"于是我随缘信步/走到一座三层楼房跟前/以讨杯水喝的名义"(《青云村》);在"八一堂村",诗人真切地感受到至今"南昌起义的枪声/伴随着北叶堂祠堂改扩建的进行/再一次像初春的惊雷/在人们心中回荡"(《八一堂村》);在"龙江桥村","每次到龙江桥村/都被一幅崭新画卷冲击视野",因为这里曾经热火朝天地修建过水库,如今"闪闪的库水波光潋滟/旱魃败走麦城/奉献的光芒穿越时空/何止千年"(《龙江桥村》);在"大坪铺村",诗人更是直抒胸臆:"是呀,那快马歇脚/抑或出发的驿站/已如崩塌的王朝/荡然无存/但是大坪还在/店铺还在/不息不灭的精气神还在/像长江后浪推前浪/浪浪新气象"(《大坪铺村》)。这是对乡村的赞美,更是对乡村精神的讴歌。乡村精神更像一脉清泉,已经融入乡民们的血肉里,化作他们的信仰和动力,支持着村庄更好地向前走。当然这种乡村精神,既是客观存在的,也是诗人主体的感受,主客交融,既显示出它的古老,是中华民族传统精神的延续;又是诗人主体精神和情感的真切表达,传递出一种向善向上的优良价值观。

罗伯特·弗罗斯特曾经声称:"文学始于地理。"乡村(村庄)诗,也是地理诗。这类诗歌展现给读者的,大多一幅幅幽静美丽而又充满生机的画面,村庄历史的悠久,乡村文化的厚重，以及乡村振兴之后，精神面貌的变化。这类诗歌不仅让我们感受到美的快乐，更是感受到一种精神的明亮，意义的深刻。乡村是诗歌的最初也是最后的精神家园，也是每一个诗人倾心追求的诗歌高地。大华兄说："我将继续努力，争取写出更多更好的文学作品，为宣传、推介新祁阳和助力乡村文化振兴做出应有贡献。"（《后记》）我们有理由相信，假以时日，他的诗歌会越来越丰盈，表达的技巧会越来越丰富和成熟，诗歌的语言也会越来越富有韵味和意味，诗歌中的乡村精神也越来越具有现代性（或者说在他的诗歌中会多一些乡村的现代性呈现），为今天中国的乡村振兴和乡村建设及生态诗歌创作，提供更好的文本和更多的启迪。

是为序。

2024 年 1 月 31 日夜，阳光小屋

（刘忠华，当代诗人，评论家。中国作家协会会员，湖南省文艺评论家协会理事，湖南省诗歌学会理事，永州市文艺评论家协会主席。）

目录
CONTENTS

题记　祁阳，我的祁阳　　　　　001

龙山街道

六合岭村　　　　　　　　　　　003

长虹街道

群力村　　　　　　　　　　　　005

浯溪街道

唐家岭村　　　　　　　　　　　007
五里牌村　　　　　　　　　　　008

土轻村	009
长流村	010

观音滩镇

天堂村	012
白竹村	013
花山村	015
双华村	016
八尺村	017
团胜村	019
井仙村	020
叶家井村	021

茅竹镇

三家村	023
琵琶洲村	024
老鸭山村	025
板桥村	026
老山湾村	027
茶园村	029

三口塘镇

黄公岭村　　　　　　　　031
小姑塘村　　　　　　　　032
金凤村　　　　　　　　　033
坝塘村　　　　　　　　　035

大忠桥镇

光明村　　　　　　　　　036
梅湾村　　　　　　　　　037
蔗塘村　　　　　　　　　038
马江村　　　　　　　　　039
金龙村　　　　　　　　　041

肖家镇

八庙村　　　　　　　　　043
龙凼村　　　　　　　　　044
护民村　　　　　　　　　045
九牛村　　　　　　　　　047
九泥村　　　　　　　　　048

八宝镇

瓦瑶村　　　　　　　　　　050
公坪村　　　　　　　　　　051
火田村　　　　　　　　　　052
上百里洲村　　　　　　　　053

白水镇

竹山村　　　　　　　　　　055
到福桥村　　　　　　　　　056
柴塘村　　　　　　　　　　057
杨桥村　　　　　　　　　　058
香湖湾村　　　　　　　　　059
护国村　　　　　　　　　　060
烟塘村　　　　　　　　　　061

进宝塘镇

泥江桥村　　　　　　　　　063
义学村　　　　　　　　　　064
鸟窝塘村　　　　　　　　　065
乐兴村　　　　　　　　　　066

黄泥塘镇

九洲村　　　　　　　　　　068

半边街村　　　　　　　　　069

石兰村　　　　　　　　　　070

羊角塘镇

光景村　　　　　　　　　　072

雪里红村　　　　　　　　　073

狮城村　　　　　　　　　　074

灵岩村　　　　　　　　　　076

太白峰村　　　　　　　　　077

梅溪镇

华塘村　　　　　　　　　　079

广岐村　　　　　　　　　　080

石牛村　　　　　　　　　　082

龟山村　　　　　　　　　　083

潘市镇

龙溪村　　　　　　　　　　085

侧树坪村　　　　　　　　　086

盘古村	**087**
陶家湾村	**088**
苏木村	**089**
八角岭村	**091**

七里桥镇

挂榜山村	093
栗曾村	094
上湾村	095
乌山冲村	096
吊楼湾村	097

下马渡镇

江西桥村	099
东溪源村	100
书家铺村	101
司马源村	103
云盘町村	104
雅园村	105

黎家坪镇

江边湾村	107

三冲村	108
九龙寺村	109
横江桥村	110
老屋冲村	112
铁脚湾村	113
朝主山村	114
喉水陂村	115
仙人脚村	117
狮子岭村	119
松山村	120

文富市镇

幸福桥村	122
南河岭村	123
丁源冲村	124
官山坪村	126

大村甸镇

五塘冲村	128
元家塘村	129
八一堂村	130
毛塘湾村	131
银利村	133

文明铺镇

福星村	134
丝塘冲村	135
青云村	137
龙江桥村	138

龚家坪镇

大坪铺村	140
酒塘村	141
九曲河村	142

金洞镇

白果市村	144
西岭坳村	145
石鼓源村	146

后　记　　　　　　　　　　148

[题记]

祁阳,我的祁阳

沐浴灿烂阳光
一只雄鹰双目喷射惊诧光芒
祁阳,我的祁阳
我应该如何为您倾情点赞
为您歌唱

一座座青山虎踞龙盘
轻吟浅唱松树的风格莽莽苍苍
一条条绿水情节跌宕
激情汇聚湘江奔向海洋
祁阳,我的祁阳

一幢幢高楼鳞次栉比报道辉煌
一座座工厂绿树成荫传递兴旺
高速、高铁穿梭火热岁月
电站、电网把未来诗情照亮

祁阳,我的祁阳

摩崖上的中兴颂闪烁千年灵光
文昌塔轩昂瑞气四溢书香
祁阳石轰动京华享誉四面八方
祁剧、小调豪放悠扬把时代唱响
祁阳,我的祁阳

米粉细腻回味无穷希冀
槟榔芋荡气回肠彰显美好畅想
荷叶米粉肉清香绕梁
曲米鱼红红火火蒸蒸日上……
祁阳,我的祁阳

沐浴灿烂阳光
一只雄鹰双目喷射欣喜光芒
祁阳,我的祁阳
一朵珍珠玛瑙满盘的葵花
向阳开放

龙山街道

六合岭村

宛如人生必经之路
读高中的时候
六合岭就留下过我的学农脚步
弯弯扭扭

那天,细雨的心情
一直不甚稳定
田野中,春插的水声"啪啪"
你赶我追

老农马步一站
手把手教我,若老师仔细认真
右手,挨泥用力
左手,把秧捻紧
扯出来的秧

才像姑娘梳过的头发
整齐均匀

时代的车轮滚滚
六合岭月异日新已成为社区
我每次回黎家坪
都怨车速像快镜头不随人愿
一下就晃过了
您水灵灵的身影

长虹街道

群力村

从城里出发,向北
322 国道诗情盎然
到矮车湾向右一拐
一幅绿茸茸的美丽画卷
映入眼帘

怪木盘根错节
奇石千姿百态
瓮尊,酒香飘忽时近时远
石镜,须眉清晰可鉴
飞来石仙鹤展翅
混沌石混沌初开
天然桥上,薄雾缈缈
诗友飘飘欲仙
青石洞里,石狮昂首

吼落晶莹一片
祁水,挽一脉浓浓乡情
优美蜿蜒

小浯溪让人迷醉流连
更有清朝家门伍钜
"一门两进士
五子三举人"之惊人风采
荣光、愧疚的浪潮
翻腾我的心怀
一列高铁轰隆隆掠过
余音悠远

浯溪街道

唐家岭村

自从唐家岭汽车站
双手叉腰
于三南路口一站
您的梦
就不再是左右湘江以南的
半壁江山

清一色的草沙路
一篮小菜
上得了自家庭堂
上不了大场面
路灯、农家乐、小游园
也只是小鱼小虾
让人见笑
唯有那耸入云天的

希冀——
唐家岭农贸市场综合大楼
才是一只真正的
擎天巨手

五里牌村

认识五里牌村
这个与我
接受再教育的白竹村的乡邻
是因为一个人
举一束诱人的绿色火焰
点亮我的眼睛

后来，我告别锄头
告别父老乡亲
实现了自己梦寐以求的心愿
用热血和铮铮铁骨
捍卫祖国母亲的蛾眉
后来，两颗平凡的星

先后回归故里
却一直忙于各自前程
擦肩乡情

他的遗憾
是我剪不断理还乱的心病
直到那次回白竹
寻找不了情
我才双手合十
用一幅两村手牵手的新水墨画
告慰他在天之灵

土轻村

三两个倔强的战友
不畏烈日寒冬
又是养鸡养鸭
又是种菜放鱼
把一方纯朴乡情伺候得
生机勃勃

更有一个叫黑子的战斗功臣
趁装修老屋
把年过九十的母亲
也装修了一回
还时不时邀请
在战火中生死与共的兄弟
横渡土轻

土轻,就像亲戚一样
越走越亲

长流村

从浯溪溯源而上
那宛如薄雾飘浮的淡淡水香
渐渐浓了起来,特别在
春夏之间

浯溪底蕴的厚重美

还在脑中萦回
出来迎接的草沙路黑美人
和一排排楼房
伴古树古院神采奕奕

从背袋里取出农夫山泉
我正要喝一口清醒陶醉
村支书手指"浯溪源头"的巨石说
到长流不喝双井水
等于到了潇湘不到浯溪
会遗憾终身

我接受他的盛情
抿一口，咂一咂留香嘴唇
一饮而尽

观音滩镇

天堂村

又是一年油茶花开
吸引蜜蜂来
我和昔日同窗、曾经的战友——
两根蕨茅草做成的吸管
吸足了回忆

为一粒油茶
饿狼扑食,你夺我争
为一豆晶莹花蜜
将一树蝴蝶惊得展翅翩翩飞
唱一曲稚嫩山歌
群山纷纷欣然接音
传送千里……

伫立山之峰顶

看一望无际的火龙果方阵哟
手举千万支熊熊火炬
照亮心扉

白竹村

过湘江大桥,往左
半根烟还在指间缠绕思情
明发哥停车大手一挥
欢迎回来访问

我一阵脸红,两只饿眼
开始蚕食焕然一新
记忆,如一只蛰伏的青蛙
顿时苏醒

雨后,山间青苔小径
蚯蚓般拱动一下身体
一担禾苗期待的丰盛佳肴
淋透十六岁

双抢时的烈日
不怜悯肤白，不可怜肉嫩
成群结队的黑汗如蚁般
从头爬到脚跟

还有出早工的残月
摸黑归的数颗星星
还有父老乡亲像红薯旱烟
质朴淳厚的真诚
一幕幕勾魂的黑白电影
在眼前放映

明发哥亲切的叫声
按下回忆的暂停键
中止了我的回忆
我不禁放开狮子般的喉咙
喊出久违的激情

花山村

从白竹到凤凰滩
花山村那座满面斑驳的凉亭
是绕不过的乡情
每次挑粪担煤
我们三五个知青
都把一身疲惫连同满头臭汗
一股脑儿递进亭中
让那个无偿提供凉茶的残疾老人
眉开眼笑

一晃几十年光阴
与花山的情
一直如匆匆过客,擦肩而已
那天,若不是有事
要难为于您
真不知能否如董永走过断桥般
与您相会

人群中,我分明看见
那残疾老人
正站在次第开放的幸福中
花香遍地

双华村

做知青时被派到双华大队
做晚稻生产田间管理
村支书说,今天晌饭轮到五保老人
还婆婆妈妈地再三叮咛
不管她做的是什么
你都要狼吞虎咽,风卷残云
可当面对两个荷包蛋
和满脸沧桑溢出的盛情时
我只有将两行热泪拌入汤中
吞进肚里

今日冬至阳光明媚
邀文朋诗友采风故地

不经意间相逢故人
——曾同床月余的房主兄弟
他二话没说
便一路讲解日新月异
导游美好前景
还用一桌丰盛的乡情
为我们洗尘

临别时,我趁三分醉意
拍着故人的肩膀说:
下次,我还要像当年蹲点那样
再轮一回……

八尺村

鸭婆洲是八尺村的一只精灵
在湘江的碧波中嬉戏游泳
大大小小的桑树
像茸茸的羽毛,春天会结出
一簇簇紫红色的美味

让稚童忘归

那年仲夏
永州市防汛演练在鸭婆洲举行
电闪,雷鸣,暴雨倾盆
一道道作战命令
雷厉风行

我一个"老水利"
虽然不能于滔滔中冲锋陷阵
却一如被抽打的陀螺
旋转于后勤

当年的桑树
如一个个热情洋溢的老熟人
纷纷述说而今的翻天覆地
我深情地抱过一棵又一棵
染满身热泪

团胜村

站在一个山头
看您把满腔浓浓的爱
洒遍一泓碧绿
水库,已不仅仅是
积攒丰收

站在一个山头
看您用满腔深深的情
把每一座山
梳出时尚发型
尽显风流

站在一个山头
看您收放自如
一条条纵横交错的路
延伸
优美思绪

站在一个山头
看您升起一缕缕乡愁
一群群前来旅游的人
走进霞晖

井仙村

井仙在哪里
透过缥缈缠绕的云雾
明察秋毫的老大爷
一眼就看出了
我的怀疑

老大爷手指一块
盘踞千年老树脚下的大石
说，那就是井仙
夜观星象，预测未来
留下的殿痕

想起吕洞宾护守浯溪㝉尊
石留深深剑影
我问，您见过井仙吗
老大爷哈哈大笑
我爷爷的爷爷的老老老爷爷
与井仙称兄道弟
划拳行令

老大爷双手接过
我的敬意，说，至于我嘛——
我和井仙
天天谈天说地

叶家井村

山顶上赫然站起
一座魁伟水塔，村民的畅想
耸入云端

喷灌，喷上叶面

叶面，绿油油地铺开画卷
滴灌，滴进心田
葡萄、柑橘、甜橙、蔬菜
茁壮笑颜

我走进一个农家小院
恰逢唱丝弦大爷
一脸高兴地卖菜回来
他接过我的问候
话匣子从改厕改水改变观念
一路打开

几只觅食八哥
不知何时已静立我们的身边
它们就像听故事的孩子
迟迟不肯离开

茅竹镇

三家村

当我像悠然白鹭
在国家级湿地公园闲情漫步
像一片绿叶
置身于绿色海洋的蓬勃欢欣
当我与浓浓夜幕
共赏嫦娥轻歌曼舞
聆听满天星星呢喃细语
梦幻瑶池的灯光里
尹家
向家
肖家
三根千年古藤
已将沧桑
紧紧地,紧紧地搓成
一股绳

向苍茫大地
向人山人海
把一首《团结就是力量》
唱得山响

琵琶洲村

难道是诗魔白居易
曾经船游这里
难道是两岸迷人风景
让他忘乎所以
一只琵琶猝然掉进湘江
落水生根

小船悠悠，碧波万顷
找不到一丝佐证
而那首千古绝唱《琵琶行》
就像祁剧、民歌
早被琵琶洲重新创作
时代的新韵

经湘江日夜弹奏,浅唱低吟
宛若天籁,更加优美
更加动听

难怪我到衡阳长沙
到八百里洞庭
还是到长江之滨
都有抑扬顿挫的琵琶声
相伴行程

老鸭山村

一只下凡老鸭
将身心融进这方山山水水
融进风土人情
就像经过硝烟洗礼的战友
一头奋力拓荒的牛
风雨兼程

如今,战友不再主政

村里的点点滴滴
一缕缕剪不断的乡情
仍令他魂牵梦萦
他说，老鸭虽老
心却年轻

我举目凝视
被绿荫紧紧环绕的那只老鸭
安徒生笔下的童话
不就在这里

板桥村

是呀，郑板桥肯定
没来过板桥村
就像杜甫、苏东坡、李清照没来过浯溪
可这里的每一块石头
每一根竹子
都有郑板桥笔下的秀劲
和风骨神韵

村支书如夏天太阳
一腔真诚、热情
他说,到板桥就像回到了家里
看也随意
听也随意
问也随意
千万不要拘谨
我点点头看向对面竹林
只见板桥先生
正陪同杜甫和苏东坡等著名诗人
在吟诗作对

老山湾村

千里湘江,在这里
就像一名娴熟的芭蕾舞高手
脚尖轻轻一点
就留下一个迷人的
千古悬念

北宋元丰年间
苏东坡因"乌台诗案"遭贬
过祁阳
恰逢中秋月醉江天
县令求墨宝
酒肉妩媚献
谁料突然刮来旋风
紫毫纵身一跃
于江中化为笔鱼,摇头摆尾
独钟老山湾

老山湾姓老
但不老气横秋,老态龙钟
老山湾少年老成
独领风骚
脚下的石板路
旧县城遗留下来的那线目光
把突飞猛进的新时代
仔细打量

茶园村

九月,寒露时节
有哪一种花
像油茶花一样抒激情万丈
于天地间开出豪放
朴实淡雅

九月,寒露时节
有哪一种树
像油茶树一样酿果之精华
烹饪浓郁乡情俗话
香飘四野

九月,寒露时节
回忆追着蜜蜂
怅望顾影蝴蝶
藏一怀天真烂漫的茶花蜜
甜透日月

九月，寒露时节
果子熟成山歌
一曲曲婉转诗情澎湃喜悦
爱情鸟飞上蓝天
婚纱云白

三口塘镇

黄公岭村

赤壁,一场大火
千古垂名
三国演义
演义神机妙算诸葛孔明
还有周公瑾
黄盖呢?黄盖葬在
黄公岭

我在黄公岭上
行祭拜之礼
野花手握纯真而来
自然虔诚

田野铺开宣纸
一台台耕地机
一支支排笔,在尽情书写

豪迈诗情

一只迷魂丢魄的彩蝶
身子突然一斜
从一片花瓣上跌落下来
差点惊出
我一身冷汗

小姑塘村

选择柔情绵绵的
水，作为挣脱
封建买卖婚姻的最后归程
风
几度悲鸣
雨
几度心碎

小姑娘的刚烈
像一颗炸弹
让一方山水心身震颤

幡然觉醒

觉醒的小姑塘
爱情
婚姻
家庭
经济
都告别裹脚布
与时俱进
看村头村尾
古与今
人与景
诗人笔下的苏堤
无可挑剔

金凤村

湘西有凤凰
熊希龄，沈从文，黄永厚
肖纪美，刘祖春，伍新福
个个声名远扬

广西凤山有凤凰
除魔鬼，造鸳鸯湖
为丰收保驾，为希冀护航
后人传颂世人赏
金凤村的凤凰呢
一声不响

是金凤的山之魂
吸引凤凰，在此修身养性
不问世事沧桑
还是凤凰不适应山的豪放
稍作休息
就飞向了他方

我沿着传说中的
蛛丝马迹，一路寻觅默想
凤凰——凤凰
您到底在何方
金灿灿的太阳映照着金凤人
自信的脸庞

坝塘村

顶迎细雨的亲吻
是每年清明
石湖小学师生的必修课
在旷野中进行

除杂草,培新泥
一双双稚嫩、虔诚的手
修整不屈的坚贞
花篮鲜活
红烛摇曳
祭品心诚
向先烈鞠躬致敬
雷晋乾
坝塘村长出的一棵劲松
倒下,也是一条
被命名的路

注:雷晋乾(1898—1927),字伯第,号醒顽,中共早期党员,中共祁阳县特别支部创始人。

大忠桥镇

光明村

三五个热爱诗词的农民
抑不住黄花河不息诗情
从和睦山和大众村
急匆匆聚首光明村毛德山的家里
把一蔸泥头泥脑的油菜
种进田畴
种进心灵

浇水、施肥、中耕
当初的幼苗
已长出遍地璀璨的黄金
蜜蜂、蝴蝶、佳人
眼花缭乱

我随手采摘一朵

诗墙上的乡音

分明品出了

那油菜花清幽淡雅的

神奇韵味

梅湾村

石母岭上通仙路

十八道弯

勾勒出羊肠崎岖

八仙之首吕洞宾

就曾经在此潜心修道

走向仙境

梅湾人不畏艰险

不怕累不怕苦

梅湾人不羡神慕仙

走虚无缥缈路

他们早出晚归

用柳宗元之涓涓濂溪

浇灌书院
浇灌意志
浇灌信念
前来分享巨变的宾客哟
只要您尝一口
甘蔗浓缩的乡情
就知道如今的日子
有多甜

蔗塘村

看到这个村名
就想到遍地蓬勃的甘蔗林
想到它们走向粉身碎骨
仍然意志坚定
我的心，一下子充盈着
甜蜜的疼

这疼是乡情
是流水叮咚斑驳小桥记忆

是青山、雾岚、鸟鸣
装点鲜活美丽
是一字排开的李家大院
排出一种气质
扑朔，但不迷离
排出一种情怀
高深，却温柔温存
平易近人

一缕金色阳光
打破阴沉
抢先站到左边翘檐的制高点
把古朴与新时代
拍了下来

马江村

母马被人描绘的风姿
经过风雨洗涤
还原本真

仔马一头扎进
一条波涛汹涌的江里
携一腔悔恨

真是造孽呀——
老奶奶讲完传说故事
苍天一抹眼角
已成泪人

我背过脸看向屋外
雨丝时疏时密
老奶奶善解人意
递来一张纸巾
声音就像慈祥的母亲
都这么大的人了
还像一个淘气的孩子
用衣袖擦泪

  注：马江，原名马投江。传说一仔马被人拉去与涂改了毛色的生母交配，后得知，悔恨难当，投江而亡。

金龙村

来到金龙村
第一个念头,就是一睹金龙
哪里与众不同
可是几次爬到嘴边的疑问
像一只绵羊,又被我
赶进喉咙

村支书明察秋毫
早将我的心思
像小溪一样看透
他一口气讲完奇珍异宝般的典型
和一串串闪光数据
才神秘兮兮地说
因为一座山
一座光秃秃的黄土山
走势若龙

山在何处

我吸一口天然氧吧的清新
抑不住心中疑窦
山嘛——村支书将"嘛"字
像拉橡皮筋拉长了八个音符
吊人胃口

脚下的山,林木生长有序
一派郁郁葱葱

肖家镇

八庙①村

除了钟爱像雨巷一样
丰富恬美的意境
像张家界、桂林一样
鬼斧神工的美景
除了想象八名妙龄少女婀娜美丽
如约来到八庙村
我的最爱
不是听"花上红纸上现"②的报告
也不是看高楼拔地起
凸显美好前程
而是带着无邪童真
泡在四季如春的温泉中
一边享受
鱼唇擦肩搓背
一边欣赏

仰卧的山美人
是何等惟妙惟肖栩栩如生
连太阳导游
也带领一群群倾慕的白云
前来旅行

注：①八庙，原名八妙。
②花上红纸上现，意为讲好话。

龙凼村

仙人在阳明山北隅
种下一万亩原始次生林
虎啸龙吟
又在这挥剑劈出两条峡谷
一条虎踞龙盘
一条酷似长江赤壁
充满韵味

韵味无穷的还有

龙凼、龙涎、青龙三条瀑布

演绎山河壮丽

也彰显出龙凼人的粗犷

尽致淋漓

那原本七仙女

夜浴的池潭,经龙凼人经营

酿造出七坛甘醇的美酒

醉倒自己

也让惊艳游客飘飘欲仙

遐想无限

护民村

人民电站被护民村抱在怀里

我被电站抱在怀里

我爱电站

爱渠道蜿蜒穿越崇山峻岭

爱流动的白银

用真诚感动水轮发电机
吟唱天籁之音
昼夜不停

电站爱护民
爱护民的山
爱护民的水
爱护民纯朴浓郁的乡情
从油灯摇曳灰暗
刺破慈母手指的鞋底
到电灯照亮
数学物理化学语文
到诗情画意星罗棋布
护民之路
在于护民
百鸟口含朵朵阳光
泼洒温馨

九牛村

只要慢慢地抽出念想
就这样微闭双眼
端坐九牛坝的条石上
不看秀丽风光
不听碧水笑浪
就会隐隐约约看见
一位神仙赶九头仙牛飘然而来
仙牛尾巴一扬
一座堰坝
赫然挺立

我羡慕九牛人
与神仙有缘
更羡慕他们饭后茶前
到面貌一新的堰坝上走走方步
聊一聊新闻旧事
家长里短

说一说心中憧憬
和美好明天
即使琐事如藤萝缠身
也会用充满欣赏的目光
将堰坝
望上一眼

九泥村

挂满墙上的荣誉
每一块
都金子般闪烁着
奋发图强的光辉
被列入中国传统村落名录的牌匾
像秦砖汉瓦
揭示历史的深厚

自豪吗?
九泥人微微一笑,摇摇头
这都是过往沧桑

挂在墙上,仅仅是
一饱眼福

真正让九泥人自豪的
是把一片五百多年的苦楮树
六千亩原始森林
像供奉神灵一样
供奉在心中
供奉在每个人的
一举一动
包括来去的云
来去的风

八宝镇

瓦瑶村

曾与湘西十八洞村脱贫前的情景
差异无二
好多瑶族老人
最大的奢望
就是大摇大摆逛一趟大金洞
才不枉一生

昨天在浯溪公园
巧遇友人山生
一个外号叫闷葫芦的中年人
十数年风霜洗礼
使他像一棵青松
更加挺拔
更加精神

他见我问及父老乡亲
便如数来宝一样越说越来劲
水路公路携手同行
腊肉、红薯酒、春笋、冬笋
宛若蝴蝶、蜜蜂翩翩飞
飞向金洞、白水
飞向更远的天地
我趁他换气的一瞬遥望东南
满目尽是群山苍翠

公坪村

清晨，群峦环抱山冲
雾雨蒙蒙
一头不知从何处来的牛
左盼右顾

得一个种田帮手
您欣喜之余
审视着两山之间的峡谷
审视着山下

十年九旱的田园
神情凝重

"高峡出平湖"
伟人的诗句
如滚滚春雷在耳畔回响
于是,一吨吨汗水
嘹亮夯歌飞扬
大地欢呼,两山合龙
碧波荡漾

火田村

脱水,黑坼,白坼
嫩绿,灰黄,枯萎
昔日夏秋,一盆铺天盖地的火
烤焦了火田人的希望
一载载,一年年

希望的源泉

从大江边水库蛟龙般奔腾而来
漠漠田野，渠道纵横
庄稼喜笑颜开
亭台楼阁，绿荫丛中
透出气象万千
火田，一个成熟的诗人
佳作连篇

上百里洲村

厂房里
热雾弥漫，诗意丰盈缭绕
师傅身穿一件背心
头上汗水直冒
搅拌、去沫、烧开、冷却
诱惑就出现在案板上
忽闻有人说：这一锅我包了
请大家品尝

蒸腾腾的热气
让冬之情绪,再次澎湃高涨
大叔眉开眼笑
又一锅直冲心窝的甜蜜
开始膨胀

白水镇

竹山村

竹山村的梦想
不是头枕全国文明村荣光
孤芳自赏
她一个猛子
扎进茫茫历史海洋
打捞
祁剧的芳香

北上长沙邵阳
得一首首脍炙人口的诗行
南下广东广西
拾一束束满心欢喜
东奔福建江西
捡一路蛛丝马迹
丰富行囊

西去云贵高原不负众望

获颗颗丰收

踏层层笑浪

广场上,祖师焦德

大手一扬风起云涌

那帮老头老妪

——缔造祁剧的生旦净丑

手挽手走出尘封

欣然开口

到福桥村

十月金秋

当漫山遍野的红萝卜

将我染成

一苑翠绿

我心中的一个疑问

呼之欲出

十月金秋
当铺天盖地的柑橘
将我结成
一树丰收
我心中的那个疑问
终于说出

村支书哈哈一笑
自从把观念
像乳汁一样融入
粤港澳大湾区浩荡洪流
福
已经到屋

柴塘村

去年冬月,被聘为
十里八村的广场舞比赛评委
初春,又被列为座上宾
我受宠若惊

春风拂动天地
春光明媚心扉
春绿辉映楼台亭阁
辉映喜悦
辉映甜蜜
柴塘村隆重推出灼灼桃花节
遍地美人佳丽
一下子就把所有人的热爱
搅拌成汹涌桃花汛
澎湃百里

杨桥村

蜿蜒绕村两公里
白水河青睐杨桥的跌宕柔情
涨水，退水
多少美丽、明亮的眼睛
掺进了遗恨

老支书一声倡议
义务之树
种进了村干部的衣食住行
河道推出的网页
日日出新

远道而来的候鸟
反复盘旋,终于欣然提笔
在绿色的户口簿上
打卡
签名

香湖湾村

筒车一转
天生香
地生香
我的诗也随之馥郁芬芳
像处处盛开的
花儿一样

拍着彩色气球
一群孩子笑嘻嘻地围绕小游园
追着蝴蝶转
三五个自拍仙女
早被过往游客摄进眼帘
我在观景台上一站
看碧波翻动无数金鱼鳞片
流向远方

流向远方的湘江
频频回头把香湖湾深情张望
那是母亲河
用温柔臂弯搂着宠着的
一朵畅想

护国村

一米八的个子
挺拔，英俊

美好的心灵

接受阳光雨露的垂青

风吹、雨打、淹涝

意志如磐石般坚定

百毒不侵

谷穗如辫,谷粒饱满圆润

漠漠田野的心里

有十足底气

我舒坦地躺在田垄中

邀风摄影拍照

并请它告慰"杂交水稻之父"

在"湘巨1号"的脚下

乘凉,睡觉

就像活神仙一样

自在逍遥

烟塘村

水,碧绿碧绿的

白云柔情荡漾

禾苗、树林，碧绿碧绿的
把秋千轻荡
我的心尽染无穷绿色
诗情洋溢

昔日一遇干旱
就像烟筒急得冒烟的塘
僵硬的渠道血管流畅
陈年旧疾化烟波浩荡
佝老汉腰杆一挺
丢出的拐杖
惊起水库中一行白鹭的光芒
盘旋而上

进宝塘镇

泥江桥村

打在黄土身上的雨
汇成浑浊泥浆在桥下翻滚贫瘠
泥江桥的心
就像割肉刮骨一样
疼痛难当

在疼痛中苦思冥想
良医妙方就在身旁
药引,是担担晶莹汗水
一棵棵鹅黄
药之根本
一味悉心不懈地呵护
立竿见影

泥江桥双手拍落

一身陈年旧尘
桥下一路愉悦的欢歌
奔向新征程

义学村

最让人难以忘怀的
不是错落有序富裕雅丽
绿荫衬映恬静
不是丰收在望景象
陶醉一路诗情
也不是乡亲们打心里溢出的
真诚盛意

义学村把义务办学
当作锅碗瓢盆
随时攥在手里

图书室里，一群孩子
一干父老乡亲

于夕照黄昏,正默默埋头
吸取养分

鸟窝塘村

清晨,亮堂窗户
睡醒的姑娘睁开眼睛
脉脉含情
耳畔随之传来鸟鸣
一声声
一阵阵
悠扬清脆

"咕咕,咕咕"
斑鸠的祝福,大气圆润
"喳——喳、喳"
喜鹊报喜,愉悦心情
"如意,如意"
画眉的婉转,善解人意

……还有麻雀的
"叽叽喳喳"
仿佛在开学术研讨会
争论不已
"布咕，布咕"
布谷鸟掠过天空，一再提醒
快快春耕

我一骨碌爬起
友人，早已不见踪影
田野上
一只只春燕畅饮朝霞
奋然斜飞

乐兴村

一根根树枝竹竿
为漫山黄澄澄的清香撑腰
昔日荒山到处挂满
甜蜜的笑

村民们说
山地流转种植专业合作社
绿了山头
亮了山垴
皇帝柑、砂糖橘、沃柑
累累灯笼照
在这里挥洒汗水
不用背井
不需离乡
日子，却在悄悄地
改变模样

我摘一簇成熟的美好
气爽天高

黄泥塘镇

九洲村

晚风、流云、路灯
辉映一树树婀娜多姿的倩影
一栋栋靓丽
新建的跨洲大桥
一只玉手
举一颗镶在湘江胸口的明珠
璀璨夜空

昔日九洲
一座无助孤岛漂泊江中
出，一叶扁舟
入，揉碎夕阳羞红
纵有一村淳朴
也是一只迟钝拖水鸭
营养不良

如今插翅上高速
不心满
不意足
真诚期盼湘江安澜性情温柔
不再泛滥洪峰
自来水管道如龙遍布
润响亮歌喉

半边街村

给人深刻印象的
是您头枕湘江听江水日夜
浅吟低唱，虽然
江神也偶有情绪激荡
搅乱梦想

给人深刻印象的
是您深知不可有太多奢望
蜗牛背一只蜗壳

永远不能像雄鹰一样
展翅飞翔

武当山行宫
以不损山貌名扬千秋万代
半边街
一轮皎洁的蛾眉月
一路美过来

石兰村

石兰的百合花盛开了
朋友兴奋的情绪
从手机那头传到我的耳边
我深受感染

车子的速度
赶不上脚步轻盈的春天
我渴望的目光
早已迷乱

花海，花海
像大海一样浩瀚无边的花海
轻波荡漾多姿多彩
熏风吹拂千姿百态
暖阳艳照风韵无限
我是一只愣头愣脑的蜜蜂
不知
采，还是
不采

羊角塘镇

光景村

再来光景村
弯弯的渠道
弯弯的水
邀请我重温昔日艰辛
与满腔热情

钢钎,铁锤
老茧,汗水
沿耸立的石头山腰
蜿蜒出信念
蜿蜒出信心
也蜿蜒出险象横生
隆隆的炮声,雷霆霹雳
炸翻旱魔鬼

"红旗渠精神"
托出一只金色的凤凰
在青青梧桐树上
细梳美丽

雪里红村

大雪,飘飘
红旗,飘飘
冬修水利的热潮逐浪高
领导乐了
就叫雪里红
多好

记忆中的雪里红
如今可好?我驿动的心
在雪中燃烧

战友的热情
比暖风更驱除心中寒意

香烟糖果瓜子花生
就着温热酒香
就着甘醇悠长的乡情
畅聊浓烈话题

偶然提及水利
大家争先恐后抒发当年情景
号子，夯歌，汗水
一屋回味

注：雪里红，原名龙家冲，昔时逢冬季下雪天大修水利，工地上雪花飘飘，红旗招展，恰领导前来检查工作，感慨地说："这个生产大队叫雪里红不是蛮好嘛！"遂名。

狮城村

准确地说
我不是奔一城狮子而来的
狮城村没有狮子
有的是黑狮岭和城墙岭

遥相呼应

城墙岭一路逶迤
写尽传奇诗情
黑狮岭却有战友的承诺
等待成真

战友有精湛手艺
一只铁锤
一杆钢钎
就能弄出石狮形态各异
可面对我的询问
昔日的承诺：
石狮子一对
他却嘿嘿一笑，说
先上黑狮岭

黑狮岭陡峭险峻
似乎不欢迎我们
战友却一鼓作气把我拉上半山岭
一座美轮美奂的狮城
从此在我的心中
千转百回

灵岩村

灵岩村有个溶洞
洞里的神仙
时常出来为众生驱难避灾
活灵活现

我携一缕清风
于洞中若信徒般虔诚
却仍与神仙
无一面之缘

返回的路上
我听着村支书介绍村中发展
无意中发现
一过路青年扶起一名
在路边呻吟的孕妇
脚步矫健

太白峰村

李白来时
也许赶上浓雾缠绕苍茫
未看到叠翠诗行
也许未能在太白峰上
夜观灿烂霄汉
晨赏双日齐辉的壮美景象
也许因行程过余匆忙
转眼去了他方
未曾留下只言片语
千古绝唱

没有飞流直下三千尺的豪放
我却有幸运之祥光
将身心照亮
尽管那天也白雾弥漫
扑朔迷离
太阳使尽吃奶的力

像撕布一样
最终撕去了天之阴霾愁肠
一幅新时代水墨画
显露出来

梅溪镇

华塘村

背靠逶迤而来的城墙岭
背靠美丽的传说
背靠坚强后盾
华塘村,母亲的胞衣地
宛如一个彪悍的汉子
精神振奋

信念,希冀
若花生红薯稻谷
颗颗饱满
粒粒殷实
您蓄势一个展翅
登上推进乡村治理比武的擂台
那城墙般扎实的
一招

一式
让多少英雄豪杰
望尘莫及

广岐村

广岐的山，广岐的水
有没有灵性
我不敢妄加断论
但广岐出过一位有传奇色彩的人
板上钉钉

读私塾的时候
他信手涂鸦，一只猛虎吼啸丛林
十里八村护院的精灵
叫灭满天星星

画画、雕刻、治印
纯粹的业余爱好
一不小心，让业界和诸多名家

纷纷望尘

他从军从政
几度风雨，几度风云
直至湖南和平起义
回到人民怀里

他躬身雁城机械厂
制图，技术革新，治机械疑难杂症
岳峰瓷厂画花草蝴蝶
小鸟佳人

他收徒严格严谨
从手腕悬挂石头一小时练起
只相信毅力
不相信眼泪

他胖墩墩如弥勒佛，满脸笑意
他姓陈，名尧天，字际白
他是我的大舅爷啊，至今让我
魂牵梦萦

广岐的山，广岐的水

有灵性
当你看到欣欣向荣的葵花
当你从蝉的鸣唱中
得知每年都有莘莘学子扬眉吐气
杜甫诗中的那一行白鹭
已飞上天际

石牛村

外婆说：从前
瑶窝观有个阴森的山洞
洞中住着一头犀牛
每天深更半夜
它便如幽灵般跑出来
啃食丰收

犀牛被神仙制服
化作守护城墙岭的石牛
那一股子牛劲
也被石牛人继承下来

刻进了骨头

我骨子里尽是石头
不知是否
跟石牛有千丝万缕的缘由
可是每到梅溪
都有一股亲和力如乡愁般
从心底喷涌而出
催我再登城墙岭
看缄默的石牛
看石牛人用牛劲拓展的
无限风光

龟山村

电商,雨后春笋
在这里繁荣兴旺
一条条视频
展现出层出不穷的繁花模样
展现出一波又一波

热情高涨

土鸡、土鸭、土蛋
从山旮旯借网络飞出大山
一展鲜活朴实
飞向一个个城里人家
发送硕果诚信

八旬岳母疾病缠身
我正想买一瓶蜂蜜聊表孝顺
养蜂人说
你为我宣传已感激不尽
需要产品
免费

电视里，一群八路军战士
正在演唱
《三大纪律八项注意》

潘市镇

龙溪村

所到之处
乡亲们的脸上都写着春的气息
充满幸福
洋溢甜美

我问延伸着富裕的大路:
"脏乱差"去了哪里?
大路坦然一笑
说:在这里除了秋风扫落叶般地
搞过一场"厕所革命"
还将纯洁的诗句
从各家各户的封面写到了封底
难怪我举目四望
到处青山叠翠
蓝天白云相互追随

其时，清泉叮咚轻奏琴弦
衬托鸟鸣幽静
那是蜿蜒千古乡情的龙溪哟
就像姑娘的眼睛
清澈见底

侧树坪村

刚到村口
古朴而又清新的气息
就醉了心肺：
老戏台上传来锣鼓阵阵
一身民族气概的
岳飞，正指挥千军万马
疆场御敌

"入孝""出悌"
堂屋门头条石上的耀眼祖训
如一缕缕灿烂阳光
四射魅力

侧树坪，新时代浪潮中
有一群大显身手的人
尊重自然
尊重民生
您看那除险加固后的水口庙水库
如一只丰盈乳房
把一方天地滋润得
五彩缤纷

盘古村

仿佛人在西安
每走一步
都怕会将悠远的历史惊动
盘古
当我默念您的名字
来到村口
一贯大大咧咧的脚
却是那样知趣

盘古不古

盘古是站在风口浪尖的英雄

不观望

不等待

也不做瞬间停留

我学着您昂首挺胸的样子

一路虎步生风

才未像一只蜗牛

跟不上时代的节奏

陶家湾村

每登一级台阶

就像一个鞠躬，一份敬仰

在心中生出骄傲

生出自豪

当我登上一百一十级台阶

更为欣喜地发现

陶家湾村民

都像石洞源水库那样恬静和坦然：
他们种田
仍像黄牛般任劳任怨
他们守山
仍若战士般毫无怨言
即使走出深山
经商从政
也始终初心不变
更不炫耀自己与陶铸的血肉相连
他们默默反哺
把故乡尽情装点
我心中一震
为自己曾经的浅薄和轻狂
备感汗颜

苏木村

把村民的心事
放到一个大家公认的位置
监督别人

也监督自己
一条防窃电的历史先河
从此润泽三湘四水
润泽神州大地

强大的能量
让茂盛的树木相依成林
群山逶迤苍翠
公路盘旋缠绕山林
孩子嬉戏鸡鸭伴舞
琴棋书画让老人更加安逸
姑娘甜美的歌声
白鸟和鸣
小伙子飞奔的脚步
阳刚健美
看蛟龙湘江蜿蜒东去
前程万里

注：20世纪90年代初，祁阳推行电气化建设，苏木村在当地第一个实行电表集装制，杜绝了窃电现象，其经验被省、市和国家电力部门在全国推广。

八角岭村

未到八角岭村
先想起一则有趣的故事:
一和尚思维短路
他坐在这个岭上
数岭,又爬到那个岭上
数岭,就是数不出
八个山岭

走进八角岭村
古建筑的脸上
刻满诱人的诗情画意
现代文明,张开双臂
拥古朴于怀里
把一个个来访的客人
真诚迎接

站在八角岭村
望一眼八个林立奇峰
我决意不顾两颊微红
亲亲那渺渺白云

七里桥镇

挂榜山村

没想到车到挂榜山村
一只无形的手
突然打开天窗
把青山、亭台、楼阁
一幅幅烟雨迷蒙的画屏
塞进我们的眼底

没想到一条条盘旋的"龙"
追着美好憧憬
向渐渐灿烂的阳光深处
一路挺进

没想到若银的白鸽
舒展羽翼振翅百里
没想到一头头藏香仔猪

会像一颗颗黑玛瑙
放出抢手的光辉
还有山民的质朴真诚
绘出的一幅幅画卷
祥和美丽

更让人意想不到的
是一辆辆免费公交车
像只只春燕，轻快地穿梭
山外山里

栗曾村

没有耀眼的光环
和迷人风景，装扮质朴的门楣
也不像浯溪、南岳
有千年名胜古迹
供人欣赏，让人追寻
栗曾村，像挥之不去的精灵
一直在不断敲打

我的灵魂

沿蜿蜒向上的山路
登上云间那连绵起伏的挂榜山
我回头恍然一惊
栗曾村，栗山坪与曾家岭
这对合二为一的兄弟
已将"栗"化为
力；把"曾"变成
争！
也更像卧薪尝胆的先辈古人
在蓄势发力

上湾村

一百单八口塘
面对百年不遇的干旱
纷纷缴械投降
上湾，寝食不安的儿郎
发出一声狮吼——

整修希望

过去是珍贵宝藏
每每让人感怀
当我忆起曾经那彩旗猎猎的大小山冈
塘里汗雨飞扬
忆起来自各地
千百双惊喜的目光
满含赞扬
你腼腆得像个姑娘
只有摆脱吃老本的阴影
才能再铸辉煌

乌山冲村

过去每次前来
季节，都正值情绪激荡
我也是居高临下
对乌山冲水库横挑鼻子
竖挑眼

把重如泰山的责任
卸下双肩
携悠然又来村里转转
黑黝黝草沙路
从牌楼处向前延伸美好情怀
两排路灯突然睁开眼睛
把夜幕洞穿
怔愣间
顿感渺小的我
已被打入让人敬畏的
瑶池仙界

吊楼湾村

山湾里的吊脚楼
一排排古董
有的已经头顶塌陷，乱云飞渡
有的已经缺胳膊少腿
遭雪雨轮番进攻

有的已经沦为废墟
惨不忍睹

是谁伸出双手
像扶起一个跌倒的老人
扶起既倒的过往使其抬头挺胸
土鸡、土鸭、鲜鱼
野菜、豆腐、腊肉
就像一行行质朴自然的诗句
乡情浓郁

我沿着洁净村路
到村头转转，到村尾走走
历史的情，现实的爱
除了缄默的时间，还有什么
能将其紧紧相连

下马渡镇

江西桥村

若不是您一身魄力
让喷薄阳光
化作无穷动力,势不可挡
我真的不会欣然走过
期待的石桥

与您相拥的缘分
是合力见证
慧塘水库像小荷茁壮成长
成为今天的
出水芙蓉

愉悦的心情
总是伴着阳光,伴着温馨
我静静伫立在

凌云的大坝之上
看蓝天放牧诗情
看碧水荡漾白云
看一只只鹭鸶鸥鸟悠然的倒影
翻涌心潮，澎湃激情
激励我，继续踔厉奋发
砥砺前行

东溪源村

也许，看多了山
看多了水
看多了今昔巨变的美丽风景
会找不到诗情
就像在外美内秀的
东溪源村

可是当你丢掉浮躁
捡起一片恬静
虔诚地面对一百六十年的皂荚树

面对三生连理
大自然的神奇魅力
你定会听见
一个幽远的声音
在耳边萦回：
只要有亘古不变的太阳心
月老
就会像观音菩萨点化悟空一样
点化有缘人

书家铺村

一个明朝的舒姓人家
在此开铺子经营日子
至清代，蒋姓渐多
读书人亦如春笋
睁着一双双渴望的眼睛
书家一喜，提笔挥就
大气庄重的街匾——书家铺
悬挂于天地之间

我曾多次到书家铺村

或检查水利

或督促防汛

一只蜻蜓哪能读懂个中含义

这次得闲小住

像鸟儿展翅

欣赏了附近的山

若鱼儿畅泳

游览了周边的水

也如孩子

重新感受了学子的勤奋精神

您看那当代新田园创作的筑路人

正引领一大群乳燕雏鹰

在广阔的蓝天下

放牧诗情

注：当代新田园创作的筑路人，指诗人伍锡学。

司马源村

司马源多竹
竹叶青青,染绿缥缈山岚
染绿轻柔山风
也染绿美妙的传说
山泉叮咚
空谷回音

被叮咚山泉喂养的竹
除了有竹的性格
还有鹤立鸡群般与众不同的个性
一个竹节
就像一匹战马
一员大将
破竹时"嘣嘣"有声跃然跳出

我慕名前来感受
传说的鲜活生动

惊诧地发现尽是英气勃发的父老乡亲
牵着朝阳的手臂

云盘町村

走着走着,就有
一股古老的风扑面而来
从云盘町人的
言谈中,从满目青翠的
山水间

南宋绍兴二年
岳飞伐曹成旗开得胜
从永州到衡州
自桂北班师回朝的浩荡部队
贯穿湘南大地

从此,一座寺庙
站起、倒下
又毅然决然地站起

拥岳飞的墨宝

在云盘町打坐修行

木鱼声声

注：云盘町，因岳飞在此扎营，遂名营盘岭、营盘町，后改为云盘町。据《古营盘町碑记》记载，岳飞曾留有墨宝"永安"二字。

雅园村

从祁阳一中牌楼处左拐

雅园的红盖头便被风之手

徐徐揭开

油菜花金黄的桂冠

已被季节收藏

田野，正攒足力气精心酝酿

餐桌上的美味

而此刻的雅园

好似一个风度翩翩的少年
正双手捧着厚重的一页
展现在天地间
一处处诗墙
一颗颗激动的心
因一朵朵伞花的次第盛开
热泪满面

伞花来自四面八方
虽颜色不一,却各有各的艳丽
他们欣赏或见证了过去
又欢聚一堂,把诗和远方
精心构想

黎家坪镇

江边湾村

蛤蟆堰在这里
轻轻地扭动了一下小蛮腰
一头扎进祁水怀抱
祁水也在这里
一个优美转身奔向湘江
生我养我的江边湾
大自然钟爱的宠儿
拥有两条哺育心灵的琼浆之河
体格分外强壮

前弓后箭,扩展胸膛
省文明村的荣誉
被您吸进肺腑,融入血液
化为无穷力量
于是,一座座工厂

一个个憧憬拔地而起
蓬勃生长

一条条簇拥繁荣兴旺的彩练
连接悠悠白云的跑道
不等信号枪响
理想，就如驰骋蓝天的雄鹰
展翅翱翔

三冲村

大筒车只转动一下我的眼睛
就再无新的意境
依山的天明山庄
也是底蕴粗糙的风景
没有厚重诗意
还有口含钓线的鱼池
高昂头颅的凉亭
都提不起骚客的诗兴
于是，我漫步山间

看洁白油茶花灿烂绽放
一只翱翔雄鹰
突然叮住我的视线
直冲云层
又从云层俯冲而下
在一处建筑的上空盘旋
我拭目仔细一看
那是从莽莽山肩
蹒跚走下来的理想啊
一条崛起的新街
正沿着新时代康庄大道
走向未来

九龙寺村

大华山九峰腾空
逶迤十八道恢宏
蛤蟆堰、祁水九曲婀娜
缠绵十八般温柔
九龙寺

九龙拓出九道弯
派生出十八个龙的图腾
龙的风采

楼台群山亲吻白云
山水环绕诗情
站在蛤蟆堰与祁水的交汇处
我分明看见
一个长发飘逸的仙人
从神仙码头走上岸来
他目睹新时代的翻天巨变
满目惊羡

注：神仙码头，祁水河边的一方天然巨石，因上有比常人大且长的脚印而得名。

横江桥村

说好了看过江村石林
就上巍峨大华山

欣赏杜鹃花的豪放抒情
不醉不归

好友却驾车一路向北
至朱家院向左一拐
将我带进了梦中的熟悉
现实的陌生

明朗清新的眼前
曾经的土砖瓦屋
曾经的泥泞土路
曾经的曾经
已化作记忆全面隐退
和煦的风中
散发出一派生机
一派振兴
我一记柔拳打向好友
半怒半嗔

老屋冲村

站在老屋冲河坝
儿时的一幕就从记忆深处
打着飞腿跑到了眼前
挥之不去

跟着父亲
挑　担从大华山割来的艰辛
第一次走上像扁担一样
精瘦的老屋冲河坝
脸上，顿时被吓得流出了
惊恐的汗粒

当时，如果从上游
抑或从下游，吹来一阵风
如果雷公打了个喷嚏
落下毛毛细雨
战战兢兢的稚气

不需一瞬，就成了一只
断线的风筝

畏惧早已化为敬畏
一台台满载希冀的车辆
欢快的脚步
在宽阔的大坝上
穿梭风云

铁脚湾村

铁脚湾男人的
脚，比钢铁还要硬上三分
一担盐挑在肩上
路再远
再艰辛
也照样步履轻盈

许是小妹的干娘
家住这里，婶娘的娘家也在这里

我才像一匹无畏的马驹

健步如飞

如飞的时光

将铁脚湾的脚磨砺得更加年轻

年轻的果树

挂满年轻的希冀

年轻的房屋

耸立年轻的魅力

年轻的思维

沿着年轻的公路砥砺前行

我一脚踏上您朝气蓬勃的领地

顿觉年轻

朝主山村

陈友谅投胎即将重生

被刘伯温看出端倪

他将其托出母腹

就地朝北，深深叩拜洪武帝

朝主山的传说呀
充满残忍

残忍的封建社会
残害了多少无辜生灵
朝主山的村民
深知今天的生活来之不易
他们像珍爱眼睛一样
珍爱每一棵小草树木
珍爱每一片阳光
每一滴雨露
用勤劳和智慧丰盈羽翼
丰盈美好憧憬
生龙活虎的青山绿水
笑弯了眼眉

喉水陂村

从山口狭窄喉咙的
缝隙中，流出一条涓涓小溪

一根竹笋拱破泥土
赫然站起

站起的喉水陂
从古到今
一步一个脚印走向阳光
走向美丽

我用七彩画笔
画您的挺拔
阳刚逼人
画您如天降尤物
楚楚动人

一个斜挎书包的女孩
手指彩虹
说：你画得
不如天上的美

仙人脚村

久闻仙人脚
是永州市公益入驻第一村
我化作一只羡慕的鹰
悄悄访问

幸福院阳光明媚
老人们抑或全神贯注切磋棋艺
抑或读书，心如止水
抑或写字，龙飞凤舞
笔力苍劲

蔬菜棚里充满温馨
一个手指嫩绿
遣词造句，娓娓道来
宛若抒情
一个耳戴助听器
静心聆听，消化诗意

满脸洋溢着笑容
好收成,就在不远的将来
望着他们

谁家的小孩
兔子般跑得太急太快
过路的大嫂丢下肩上的担子
一把扶起摔倒的孩子
替他擦去晶莹的泪水
蓝天下,金色的阳光普照
灿烂童真……

久闻仙人脚
是永州市公益入驻第一村
我一路寻寻觅觅
传说中的赤脚大仙
已化作一个个志愿者的身影
风采奕奕

狮子岭村

狮子岭像一头雄狮
傲然昂首挺立
到狮子岭村当然要登狮子岭
才不枉此行

小时候，为煮熟日子
不惜挥洒童真，去登岭嬉戏
不畏凶猛的狮子
被突然惊醒
或发出吼声震天动地
或张口吃人

儿时那条荆棘丛生的山径
已向蜿蜒的盘山公路缴械投诚
我失落，未找回当年
我开怀，车行如梭似箭
转眼到山巅

水映青山
青山起伏,层次分明,逶迤遥远
山举亭台楼阁
挺拔英俊,让白云心慌意乱
我学雄狮仰天一啸
民安国泰

松山村

记忆中的松山村
那山上的松树林
是童年时的游戏乐园
我扒满一篓松针
像顽皮的猴子般放纵性情
翻跟斗,捉蚂蚱
抓一只蠕动的毛毛虫
吓哭小妹

小妹出嫁松山村

我像一叶扁舟般四处飘零
今天再见松树的英姿
让我看到了红军,看到了八路军
看到了雷锋、黄继光
看到了草原英雄小姐妹
看到了"铁人"、焦裕禄、孔繁森
敬畏,像涌泉一样
油然而生

走马重游故地
松山的松树更加挺拔苍翠
小妹也如一棵松树
依然精神健硕

文富市镇

幸福桥村

这里曾挖了一百单八个
凶凶坑坑,一百单八个
深深浅浅的揪心
牵牛花仍双脚缺钙
爬不上田埂
昔日的幸福桥
像一个嗷嗷待哺的孩子
缺琼浆滋润

如今水随人意
遍地禾苗
茁壮生长
幸福桥翻身跃上时代的动车
拉响汽笛

南河岭村

这是奶奶念念不忘的根
是"菜刀队"英勇抗日的战场
我已多年未亲近

与表哥相携成行
一路上,那年正月的冰碴子
一直在我的心中
蹦跳童真

第一次像大人一样
以客人的身份端坐在桌子旁
将盛情一一品尝
表哥却站在门口看着我
用羡慕的目光
那一种刻进骨子里的情景啊
至今还让我深深感到
心里堵得慌

拨开风雪的外衣

三分熟悉

七分陌生

看见亲人们期盼的目光

我鼻子一酸

落下一串沉重的

悔，悔不该没有顺路江边湾

去接上奶奶的灵魂

好让她用三寸金莲

重新丈量

家乡崭新的美

丁源冲村

每一次站在

丁源冲水库大坝

都会想起

人山人海的壮观场面

豪迈激情冲天

都会想起

一口荷叶大锅

罩住一条蛟龙

理想才巍然高耸

都会想起

刮骨根除陈年旧疾

再筑好梦

丁源冲

当我作为老友重上水库

仰视

云卷云舒

平视

山清水秀

俯视

公路铁路一派繁荣

不由恍然大悟

当年何以将水库命名为

英雄

官山坪村

那顽固不化的
红壤土，不管大雨小雨
都水淋鸭背
不进油盐酱醋
我的童年，就于无数次雨后
在它焦干的身上
乱翻跟斗

祁阳站①
一个医治土地的高手
日察泥土心迹
夜记禾苗心路
几十年坚守
几十年研究
温度，光照，空气湿度
磷元素变化规律
红壤植被恢复

鸭屎泥禾稻坐秋②
一个个千年痼疾被攻克
笑迎丰收

我多想变成蝴蝶
抑或一只蜜蜂
在油菜花上再翻上几个
鹞子跟斗

注：①祁阳站，即中国农业科学院衡阳红壤实验站，简称祁阳站。

②禾稻坐秋，指禾苗生长不良，根系无力吸收土壤营养物质，产量品质严重受损。

大村甸镇

五塘冲村

五塘冲肥沃泥土
曾育出五位贤淑造福乡里
村支书说这话时
就像一个掌握真理的哲人
一脸自豪
一脸自信

我正要追问究竟
一阵乡贤理事会的春风
吹来老祖宗的厚德基因
高耸的红军墓
一片拳拳初心
已深度感染村民
感染四季风云
把一方山水的

精
气
神
稳稳当当地扶上了
祥和云层

元家塘村

指挥部一进何公庙
就有好心的村民悄悄提醒我们
晚上要谨慎小心
不要落单,不要一个人
独自而行

我们浑身是胆,是一群
正气凛然的强将精兵
白天,我们在于家冲电灌站建设工地
挥洒青春不遗余力
晚上,我们也会就着皎洁月光
吹拉弹唱尽致尽兴
可是,头一挨枕

我们就一觉睡到天明
绝不会让阴气太重的聊斋
走进梦里

多年后来到
元家塘的兄弟村采风观光
远远望去
朝阳、绿树、碧瓦
田园、渠道、人影
元家塘的勃勃英姿
梦中的翻版,像磁石一样
吸引我飞奔

八一堂村

南昌起义的枪声
伴随着北叶堂祠堂改扩建的进行
再一次像初春的惊雷
在人们心中回荡

我随着时代的哨声
与田园列队
蛙鼓报道丰收喜讯
与树木列队
鸟鸣清脆四季分明
与房屋列队
琉璃闪耀金碧辉煌
与村民列队
以谷粒的虔诚谦卑
向猎猎军旗
向传播星星之火的前辈
虔诚致敬

注：八一堂村，1928年，村北叶堂祠堂改扩建，因唐厚今参加过南昌起义，故更名为八一堂祠堂，因此得名。

毛塘湾村

一墙，一风景
一牌，一阵地
在毛塘湾村，走到哪儿都会

感受到百鸟和鸣

浓厚春意

我正痴迷流连于

小游园的惊喜与清新

一阵锣鼓声响

琴声、歌声，天籁之音

迷醉风云

微风温柔牵我

越过公路林荫

田垄稻香温馨

越过热情楼台

夹道相迎彬彬有礼

人头攒动的操坪

百姓大舞台上

父老乡亲就像在春晚彩排一样

正在排练庆祝新春的

喜悦诗情

银利村

莺歌燕舞时节
一簇簇桑葚
紫红中透出油画般
乌亮的黑

携着悠然、惬意
我随蜂拥而至的游客
将心仪的生活
自行采摘
补肝，益肾
生命之泉滔滔不绝
明目，美容
熊掌和鱼翅尽可兼得

民间养生圣果
经美妙姑娘的巧手栽培
在春意盎然的季节
等你莅临

文明铺镇

福星村

山不高
高高的是远处的四明山
如屏障般耸立
拦截了四季的风云雨水
林不密
密的是纵横的田畴
贫瘠而缺水
福星
一粒在衡邵干旱走廊腹地中
被翻炒千年的豆子
半熟半生

在干涸中寻找希望
在贫瘠中摸索振兴
看准路

路曲折，但心扉能把富裕描绘

引来涓涓的溪水

滋润万物，滋润心灵

福星

一颗闪烁的星

把方向盘紧紧地握在

自己的手心

丝塘冲村

丝塘冲的塘

永远记得

他摸鱼捞虾如鱼得水

丝塘冲的山

永远留着

他砍柴割草的矫健身影

可丝塘冲的人

谈起他

——刘金轩将军

眉不飞

色不舞

个个心如止水

神情淡定

淡定的神情中

透出一种

强烈的磁场与非凡气质

不畏艰难

大公无私

那是刘金轩的精神所在

也是丝塘冲人

对前辈精神的继承

丝塘冲啊

当我注目凝思

方感悟您的沉稳和内敛

才真正读懂

伟人的一行诗句：

俏也不争春

注：刘金轩（1908—1984），曾参加第二至第五次反"围剿"作战和二万五千里长征；1955年被授予中将军衔，中共十大代表，第五届全国政协委员。

青云村

青云庵如今已"平步青云"
名字,却一直流传至今
我问翠绿树木
树上回以清脆鸟鸣
我问瓦蓝天空
天空飘过一朵朵彩云
于是我随缘信步
走到一座三层楼房跟前
以讨杯水喝的名义

老奶奶笑眯双眼
脸上的沧桑
一定蕴藏着我想要的秘密
做作业的孩子
突然放下认真
说:那是在告诫我们
做人要像起房子那样脚踏实地
不能像缥缈的云

龙江桥村

每次到龙江桥村
都被一幅崭新画卷冲击视野
《龙江颂》的故事
也总会呈现眼前

当年,房屋拆迁
征用田地、山林
您大手一挥,怨言的风雨
化作云烟

当年,热火朝天的工地
演绎"人定胜天"
您在人山人海中穿梭奔走
汗水淋漓

当年,工程竣工剪彩
鞭炮、锣鼓喧天,人笑马欢

您深情看着满仓丰收
泪花闪闪

闪闪的库水波光潋滟
旱魃败走麦城
奉献的光芒穿越时空
何止千年

龚家坪镇

大坪铺村

是呀,那快马歇脚
抑或出发的驿站
已如崩塌的王朝
荡然无存
但是大坪还在
店铺还在
不息不灭的精气神还在
像长江后浪推前浪
浪浪新气象

因此,在这里讲房子漂亮
是碟子装水——肤浅
讲姑娘穿着时尚
是鼠目寸光
至于那若香芋源远流长

若米粉名誉神州的麻糖和松子糖
我不是百灵
也不是画眉
可将这乡间美味唱出诱人意象
我只会欣喜地说
味道,是夏吃西瓜
爽
销路,是水库开闸
畅

酒塘村

那一口宛如
酒海的塘,用其水酿酒
又醇又香
我不是一只十足酒虫
却馋断酒肠

向往的脚步
一踏上酒塘村纯朴的热土

禾稻、麦子
红薯、蔬菜
甚至每一片树叶
每一缕阳光
都散发出淡淡的诱惑
浸入心房

主人是一个
素未谋面的憨厚老乡
他趁我客套谦让
一盘盘热情
已齐刷刷端到桌上
两朵七彩云霞，顿时醉红
我的脸庞

九曲河村

倾一腔满满憧憬
在一条小溪的九个转弯处
建九座石桥

改善风水

九曲河村的心

自乾隆年间

就一直随蜿蜒清流

激荡风云

昔日的桥已在沧桑中

身心疲惫

今天的九曲河一路焕发青春

兴修水利

干旱走廊流绿叠翠

修建公路

旷野上路转峰回

繁荣精神文明

村风四季如春

笑声、鸟鸣,还有车笛

汇成一个声音:

振兴才是福荫后代的

最好风水

金洞镇

白果市村

当年升起的滚滚硝烟
已化为片片白云
波罗源瀑布用心良苦
留一段生动记忆

当年英勇奋战的先烈
已化作一座墓碑
一如既往的白果树啊
挺拔你们的身影

当年阳明山苏维埃政权
已写进红色史册
已刻在旧址门头的青石上
笔力从容苍劲
一片葱葱郁郁的森林

将这些抱在怀里

我沿着红军路走来
来体验卓绝艰辛
来坚定初心使命
来欣赏您宛如火中凤凰的
涅槃昌盛

西岭坳村

雌鹅过去以后
风云突然变幻
公鹅一愣
接龙山已拔地而起
耸立眼前

公鹅仰天一啸
一部挖掘机轰隆隆启动
泥土四处飞溅
啄山不止

朋友神情凝重
说：愚公挖王屋太行
感动了上苍
鹅用坚贞啄穿接龙山
接通了爱情

从传说中回到现实
我满心好奇
问：你怎不讲莺歌燕舞
万象更新。朋友说：
你有眼睛

石鼓源村

衡阳雁城的那面石鼓
是古人期盼远离战争的警钟
石鼓源的石鼓
却是大自然的赠予
两条清澈小溪汇集畅想

交响叮咚

我坐在石鼓源的石鼓上
时而伸手挽一片悠悠白云
轻敲千年沧桑
时而将双脚伸进清凉
拍打出朵朵童真
同伴说：你这行动举止
与年龄不配

我说：你看这原始森林
林鸟唱和相依
一座座古建筑风韵犹存
楼台亭阁舒展青春
再加上一个戏水的老顽童
才真的是和谐安宁的
人间美景

后　记

当代中国，山河美如画，乡村换新颜。

自从国家实施精准扶贫和乡村振兴政策以来，祁阳同全国各地一样，倾情投入到新农村建设的火热实践中。作为一个文学爱好者，要紧跟时代步伐，主动走进广大农村的田间地头，萃取题材，提炼主题，抒写人民奋斗之志、创造之力、发展之果，全方位全景式展现新时代农村的精神气象，为助推乡村振兴尽绵薄之力。

2019年，我们伟大的中华人民共和国成立70周年。为庆祝和讴歌新中国成立以来永州市所发生的翻天覆地的变化，《永州日报》组织全市诗人、作家开展"70年，我和我的祖国——永州知名诗人、作家写永州"的采风活动，我有幸参加了6月下旬的祁阳采风之行。

我随行参观了潘市镇龙溪村、大村甸镇五塘冲村和茅竹镇三家村以及长虹街道、交通社区，看到了农村、社区建设管理取得的一系列可喜成就，不禁感慨万千。回来后，经过静思构想，于7月6日写成了《美丽乡村》组诗三首——《龙溪村》《五塘冲村》和《三家村》。7月19日，《永州日报》第6版"70年，我和我的祖国之祁阳篇"专栏刊发《美丽乡村》2首。

10—11月，祁阳作协组织部分作家、诗人，到有关乡村采风创作，我又写下了《竹山村》《到福桥村》和《侧树坪村》3首。此后，我便不知不觉地产生了创作祁阳乡村系列诗歌的冲动。

2020年5月初，县政协聘请我编辑《浯溪摩崖石刻》。我是县作协、县诗协副主席，作协、诗协搞活动，抑或县政协组织诗词书画活动，我都参加了。这样，我既掌握了第一手素材，又产生了写作的兴致。还有一个重要原因：我生于农村，从小就对农村、农业、农民有深厚感情，高中毕业后，曾下过放，当过兵，退伍后又一直在水利部门工作，经常下乡检查水利、督促防汛和组织秋冬水利建设，走遍了祁阳的山山水水，有了丰富的生活积累。因此，只要一有触动，诗情就会自然而然地流露出来，而《美丽乡村》——《龙溪村》《五塘冲村》《三家村》《竹山村》《到福桥村》《侧树坪村》《江边湾村》在《大江文艺》第6期上的刊发，更是增强了我继续创作的信心。

百年芳华,百年辉煌。2021年,是党的百年华诞,具有十分重大的历史意义。经过十年积极努力,祁阳撤县设市于这年2月20日获得民政部批准,5月17日正式挂牌。祁阳人民闻之欢欣鼓舞,激发了全市文学爱好者的创作热情,也包括我。在此期间,我白天参编《祁阳县政协志》,晚上进行诗歌创作。

随着《祁阳县政协志》编纂工作的圆满完成,时间也匆匆进入2022年——乡村振兴战略全面实施的关键之年,全市各镇(街道)的乡村建设紧锣密鼓,如火如荼,我的创作热情也越来越高。春节过后,我把主要精力放在了深入乡村和创作上,取得一定收获。11月29日《永州日报·潇湘》刊登了我的组诗《美从乡村扑面来》——《井仙村》《叶家井村》《酒塘村》《毛塘湾村》。组诗《美从乡村扑面来》——《老山湾村》《茶园村》《六合岭村》《毛塘湾村》获"婺源社保杯"2022年全国诗歌大赛优秀奖。今年,《民主》杂志第1期又刊登了《美从乡村扑面来》——《光明村》《南河岭村》《长流村》《太白峰村》《黄公岭村》5首,《鸭绿江》第8期诗歌专号刊登《美丽乡村》(组诗三首)。此外,还被《人民日报》等多种公众号平台推出一些作品。目前,已完成歌咏乡村习作108首,形成了《百鸟和鸣》这本诗集。

《百鸟和鸣》是祁阳精准扶贫和乡村振兴中的一个缩

影，由于本人文学素养和创作水平有限，瑕疵难免，还请方家批评指正。同时，我将继续努力，争取写出更多更好的文学作品，为宣传、推介新祁阳和助力乡村文化振兴做出应有贡献。

2023 年 8 月